David W. Schell

Un temps pour le pardon

Illustré par R.W. Alley

Traduit de l'anglais (États-Unis)
par Michel Bigot
et Sophie de Gaulmyn

cerf

Publié par One Caring Place
Abbey Press
St. Meinrad, Indiana 47577

29, bd Latour-Maubourg, 75340 Paris Cedex 07
ISBN : 2-204-05448-1

Avant-propos

Dans son ouvrage le plus populaire aux États-Unis, Mere Christianity (*Rien que le christianisme*), C. S. Lewis écrivait : « Tout le monde dit que le pardon est une belle idée jusqu'au jour où il doit pardonner...» Malheureusement, lorsque nous avons vraiment besoin de son pouvoir cicatrisant, le pardon peut sembler une idée insaisissable, ni belle ni puissante. Un jour, nous avons été victimes d'injustice et nous nous sommes enfermés dans cet état de victime, laissant la colère s'installer et nous priver de vitalité.

La vie est un cadeau merveilleux à aimer et à partager. Mais la colère et la rancune, entretenues par le refus de pardonner, bloquent la guérison et la progression. Ce cadeau s'abîme alors et tout le monde y perd.

Les 35 conseils illustrés dans *Un temps pour le pardon* peuvent te guider dans ces moments où le désir de vengeance paraît surpasser le pouvoir de l'amour. Ils peuvent t'aider à trouver ta force spirituelle, véritable don de Dieu, afin d'éviter l'amertume et parvenir ainsi au pardon.

Sers-toi de ces conseils et mets-les en pratique. Certains te sembleront difficiles, d'autres t'amuseront. Progresse et célèbre la vie comme le plus grand des cadeaux.

1

Pardonner, c'est plier

sans casser.

C'est être suffisamment fort

pour résister au poids

de l'offense et avoir le ressort

pour s'en remettre.

Alors pardonne !

2

La vie n'est jamais parfaite ;
elle est souvent injuste.
Accepte les inévitables ratés.

3

Tu regrettes d'avoir agi ;

tu regrettes parfois

de n'avoir pas agi :

pardonne-toi.

Accepte tes limites.

Accepte de n'être que toi-même.

4

Se pardonner nettoie l'âme,

balayant honte et culpabilité.

Du pardon de soi vient

le pouvoir de pardonner

aux autres.

5

Tu as le droit de te sentir triste,
trahi, mécontent, rancunier
lorsque tu as été blessé.
Exprime tes sentiments.
Si tu les enfouis,
ils ressortiront de toute façon
à un autre moment.

POMMES

6

Rencontre ceux qui t'ont blessé,
dis-leur ce que tu ressens.
Lorsque c'est impossible
ou que cela risque de te faire
du mal, ou de blesser
quelqu'un d'autre, imagine
ce scénario dans ta tête.

DÉFENSE
D'ENTRER
SENS
UNIQUE

7

Pardonner ne veut pas dire accepter d'être à nouveau maltraité ou continuer à entretenir des relations destructrices. Fixe les limites de ce qui te paraît acceptable et exprime-les clairement aux autres. Considère les autres comme responsables de leurs actes.

8

La justice peut réparer

les torts, mais le pardon

soigne la douleur.

Cherche le pardon

au-delà de la justice.

JUDGE SMALL
JUDGE BIG

9

Parfois les autres te blessent
parce qu'ils apprennent
et grandissent comme toi.
Ils sont humains
donc imparfaits,
pardonne-leur.

5
7

10

Refuser de pardonner,
c'est continuer à se faire mal.
Un jour, tu as été la victime :
si tu ne pardonnes pas,
tu t'enfermes dans cet état
de victime. Deviens plutôt
celui qui pardonne.

11

Reconnais que tu as refusé

de pardonner.

Tenir en échec des monstres

intérieurs demande de l'énergie.

Utilise plutôt cette énergie

pour croire en la vie

et en profiter.

12

Les victimes sont

sans recours,

à la merci de l'agresseur.

En montrant de la bonté

envers un agresseur,

tu reprends le contrôle

de la situation.

Prends ta vie en main,

par le pardon.

ARRIVÈE

13

Sache que le pardon est possible
même dans les circonstances
les plus douloureuses,
même envers quelqu'un
à qui tu ne fais pas confiance
ou que tu ne respectes pas,
même lorsque l'autre ne semble
pas mériter le pardon.
C'est un témoignage rendu à la
bonté qui est en toi depuis le
premier instant de ton existence.

14

Le pardon est le seul
médicament efficace
contre la douleur
qu'un autre t'inflige.
C'est à toi de faire le choix
de la guérison.

15

Pense que le pardon
est une technique de survie
très efficace.
Il t'aide à trouver ton chemin
dans la jungle
de l'incompréhension,
de la douleur, de la rancune
et de la haine.

16

*Si tu trouves difficile de
pardonner à tes parents
leur maladresse, souviens-toi
d'une chose : ils ont été
confrontés aux maladresses
de leurs parents, qui ont été
eux-mêmes marqués par celles
de leurs propres parents, etc.*

17

Ne rêve pas que l'on peut
oublier une blessure.
Ce n'est pas toujours possible,
et parfois ce n'est même pas
une bonne chose.
Choisis plutôt d'avancer,
au-delà du souvenir,
vers le pardon.

Dear Mom,

18

Laisse le pardon déclencher
une réaction en chaîne.
Le pardon stérilise la blessure,
ce qui permet la cicatrisation,
et libère l'énergie
pour grandir.

19

Aucune relation d'amour
n'est exempte de blessures.
Panse ces plaies par le pardon.

DES
2 50
GLACES

20

Aucune offense
n'est impardonnable,
à moins que tu ne le décides.
À toi de choisir.

21

Lorsque tu as du mal
à pardonner, souviens-toi
d'un moment où tu souhaitais
être pardonné.
Offre à l'autre ce que tu aurais
aimé recevoir.

22

Le pardon demande
de la pratique.
Commence avec des petites
choses et avance peu à peu
vers les problèmes plus graves.

23

Le pardon est une attitude qui façonne toute la vie. Pardonne encore et encore, même pour une offense répétée.

24

Le pardon peut sembler inutile lorsque tu ne vois pas de résultat immédiat. Mais la cicatrisation et la croissance sont comme le bon vin, elles demandent plus de temps que la préparation d'une purée en flocons. Donne du temps au pardon.

25

Ne laisse personne te déprécier.

Tu peux devenir amer

ou prendre le dessus ;

c'est à toi de choisir.

Prends en main tes sentiments.

Agis.

26

Garder rancune contre quelqu'un
ne le fera jamais progresser.
Cette rancune ne change que toi
et... en mal.

INTERDIT
DE CUEILLIR
LES CERISES

27

Demande toi si
« Je ne peux pas pardonner »
veut vraiment dire
« Je ne pardonnerai jamais ».
Tourne-toi alors vers Dieu
et laisse son amour dégeler
ton cœur.

INTERDIT
DE CUEILLIR
LES CERISES

28

Pardonner demande courage
et détermination.
Cherche tout au fond de toi,
tu y trouveras la force
dont tu as besoin.

INTERDIT DE CUEILLIR LES CERISES

29

En pardonnant tu ouvres
la porte de la réconciliation.
«Le méchant d'aujourd'hui »
peut devenir l'ami de demain.

HINGES

30

Accepte qu'une relation

puisse renaître.

Les offenses du passé

peuvent être enterrées

pour reconstruire une vie

meilleure.

31

Pardonne sans condition ;
autrement ta paix intérieure
dépendrait de la bonne volonté
de l'autre.
C'est toi qui choisis
de pardonner.

32

Refuser de pardonner
n'est pas une solution.
Cette réaction t'enchaîne
à l'autre.
Reste libre, pardonne.

33

Pour t'aider à pardonner,
imagine-toi réuni avec l'autre
en présence de Dieu,
dans sa lumière.

34

Pardonne, même en l'absence

d'excuses ou de réparations.

Si tu attends que le mal

soit réparé pour pardonner,

tu risques de t'enfermer à vie

dans la rancœur.

Ne laisse pas ta vie dépendre

du comportement de l'autre.

35

Le pardon est encore plus
important pour toi
que pour les autres.
Il te transforme.
Fais-toi ce cadeau.

Dans la même collection

1. Un temps pour être bien dans sa peau
2. Un temps pour tenir debout
3. Un temps pour le pardon
4. Un temps pour le jeu
5. Un temps pour l'amitié
6. Un temps pour ton anniversaire

Achevé d'imprimer en juin 1996 par Jean-Lamour - Maxéville
Dépôt légal : juin 1996 - N° Éd. : 10288
Imprimé en France